AMARGO VERMELHO

Bartolomeu Campos de Queirós

AMARGO

VERMELHO

global
editora

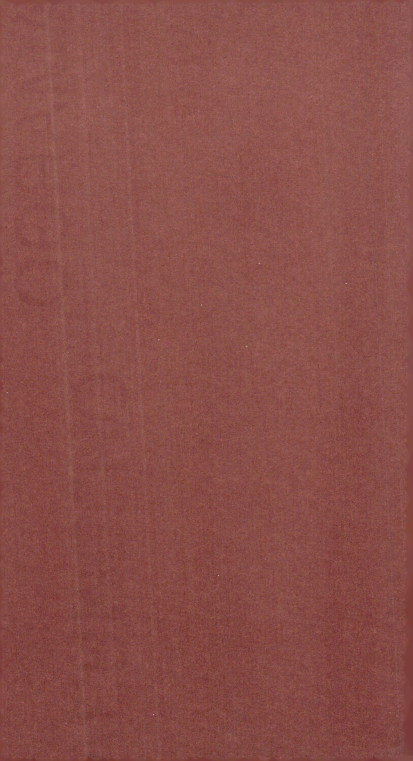

*Foi preciso deitar o vermelho sobre papel
branco para bem aliviar seu amargor.*

Mesmo em maio — com manhãs secas e frias — sou tentado a mentir-me. E minto-me com demasiada convicção e sabedoria, sem duvidar das mentiras que invento para mim. Desconheço o ruído que interrompeu meu sono naquela noite. Amparado pela janela, debruçado no meio do escuro, contemplei a rua e sofri imprecisa saudade do mundo, confirmada pela crueldade do tempo. A vida me pareceu inteiramente concluída. Inventei-me mais inverdades para vencer o dia amanhecendo sob névoa. Preencher um dia é demasiadamente penoso, se não me ocupo das mentiras.

Dói. Dói muito. Dói pelo corpo inteiro. Principia nas unhas, passa pelos cabelos, contagia os ossos, penaliza a memória e se estende pela altura da pele. Nada fica sem dor. Também os olhos, que só armazenam as imagens do que já fora, doem. A dor vem de afastadas distâncias, sepultados tempos, inconvenientes lugares, inseguros futuros. Não se chora pelo amanhã. Só se salga a carne morta.

No princípio, se um de nós caía, a dor doía ligeiro. Um beijo seu curava a cabeça batida na terra, o dedo espremido na dobradiça da porta, o pé tropeçado no degrau da escada, o braço torcido no galho da árvore. Seu beijo de mãe era um santo remédio. Ao machucar, pedia-se: mãe, beija aqui!

Há que experimentar o prazer para, só depois, bem suportar a dor. Vim ao mundo molhado pelo desenlace. A dor do parto é também de quem nasce. Todo parto decreta um pesaroso abandono. Nascer é afastar-se — em lágrimas — do paraíso, é condenar-se à liberdade. Houve, e só depois, o tempo da alegria ao enxergar o mundo como o mais absoluto e sucessivo milagre: fogo, terra, água, ar e o impiedoso tempo.

Sem a mãe, a casa veio a ser um lugar provisório. Uma estação com indecifrável plataforma, onde espreitávamos um cargueiro para ignorado destino. Não se desata com delicadeza o nó que nos amarra à mãe. Impossível adivinhar, ao certo, a direção do nosso bilhete de partida. Sem poder recuar, os trilhos corriam exatos diante de nossos corações imprecisos. Os cômodos sombrios da casa — antes bem-aventurança primavera — abrigavam passageiros sem linha do horizonte. Se fora o lugar da mãe, hoje ventilava obstinado exílio.

Oito. A madrasta retalhava um tomate em fatias, assim finas, capaz de envenenar a todos. Era possível entrever o arroz branco do outro lado do tomate, tamanha a sua transparência. Com a saudade evaporando pelos olhos, eu insistia em justificar a economia que administrava seus gestos. Afiando a faca no cimento frio da pia, ela cortava o tomate vermelho, sanguíneo, maduro, como se degolasse cada um de nós. Seis.

O pai, amparado pela prateleira da cozinha, com o suor desinfetando o ar, tamanho o cheiro do álcool, reparava na fome dos filhos. Enxergava o manejo da faca desafiando o tomate e, por certo, nos pensava devorados pelo vento ou tempestade, segundo decretava a nova mulher. Todos os dias — cotidianamente — havia tomate para o almoço. Eles germinavam em todas as estações. Jabuticaba, manga, laranja, floresciam cada uma em seu tempo. Tomate, não. Ele frutificava, continuamente, sem demandar adubo além do ciúme. Eu desconhecia se era mais importante o tomate ou o ritual de cortá-lo. As fatias delgadas escreviam um ódio e só aqueles que se sentem intrusos ao amor podem tragar.

Sem o colo da mãe eu me fartava em falta de amor. O medo de permanecer desamado fazia de mim o mais inquieto dos enredos. Para abrandar minha impaciência, sujeitava-me aos caprichos de muitos. Exercia a arte de me supor capaz de adivinhar os desejos de todos que me cercavam. Engolia o tomate imaginando ser ambrosia ou claras em neve, batidas com açúcar e nadando num mar de leite, como praticava minha mãe — ilha flutuante — com as mãos do amor.

Eu desconhecia o amor, mesmo fantasiando em me sentir amado. Repetia o verbo amar a Deus sobre todas as coisas, amar o próximo como a si mesmo, não matar, não pecar contra a castidade, honrar pai e mãe, por frequentar a catequese, nas tardes ociosas dos sábados. Decorar os dez mandamentos encurtava o caminho para o céu, tantos me repetiam. E contrito, mãos amarradas sobre o peito, eu duvidava da fé, mas insistia em crer em Deus Pai, todo-poderoso. Atravessar do infinito ao infinito e alcançar o pleno azul, sobre a bicicleta do padre, negociada em pecado e segredo, tornava o céu mais viável.

A mãe partiu cedo — manhã seca e fria de maio — sem levar o amor que diziam eu ter por ela. Daí, veio me sobrar amor e sem ter a quem amar. Nas manhãs de maio o ar é frio e seco, assim como retruca o coração nos abandonos. Ela viajou indignada, por não ser consultada. Evadiu-se, sem suplicar um socorro. Nem murmurou um "com licença" — eu confirmo — para adentrar em outra vida, como nos era recomendado. Já não cantava, sobrevivia isenta, respirando o medo pelo desconhecido. A mão da morte soterrou até sua sombra. Foi um adeus inteiro, definitivo, rigoroso, sem escutar nosso pesar. Eu pronunciava, seguidamente, a palavra amor, amor, sem ter a presença amada.

A esposa do meu pai prezava o tomate sem degustar o seu sabor. Impossível conter em fatia frágil — além da cor, semente, pele — também o aroma. Quando invertida, a palavra aroma é amora. Aroma é uma amora se espiando no espelho. Vejo a palavra enquanto ela se nega a me ver. A mesma palavra que me desvela, me esconde. Toda palavra é espelho onde o refletido me interroga. O tomate — rubro espelho — espelhava uma sentença suspeita.

O pai, que suportava o peso das caixas de manteiga, agora andava leve, manso, tropeçando em penumbras e suspiros. O amor encarnou em todo o seu destemido corpo e afrouxou até seus pesares. Amava em dobro: o amor que sobra aos viúvos e mais o amor reinventado, e capaz de camuflar o luto. E, para ganhar mais amor, negociava com o tomate o destino dos filhos, clandestinamente.

A parede da casa sustentava um espelho cercado por moldura vermelha. Na ponta dos pés — equilibrista — eu buscava meu rosto e deparava com outro e me estranhava. O espelho é a verdade que, ainda hoje, mais me entorpece. Espelho sustenta o concreto e prefiro a mentira dos sonhos nas manhãs frias e secas. Do tomate exalava um gosto de cera, flor, reza e terra. Sempre engoli minha fatia por inteiro. Descia garganta abaixo arranhando as cordas, desafinando as palavras, esfolando o percurso. Libertava-me dela na primeira colherada. "Garfo é arma, e menino não anda armado", sentenciava o pai. Talvez nos projetasse assassinos. Quanto mais amor mais a morte se anuncia.

Aturdido. Eis uma palavra muda traçando fronteira com a loucura. Só hoje descubro esta sonoridade surda morando em mim, ainda menino. Aturdido pelo medo de, no futuro, não ganhar corpo, e não suportar o peso das caixas de manteiga. Aturdido por ter as carnes atrofiadas sobre os ossos. Aturdido por ter a alma como carga, e suportá-la para viver o eterno que existia depois de mim. Aturdido por ser mortal abrigando o imortal. Aturdido pelo receio de descumprir as promessas deixadas aos pés dos santos. Aturdido pela desconfiança de a vida ser uma definitiva mentira. Aturdido por vislumbrar o vago mundo como fantasia de Deus, em momento de ócio.

Antes, minha mãe, com muito afago, fatiava o tomate em cruz, adivinhando os gomos que os olhos não desvendavam, mas a imaginação alcançava. Isso, depois de banhá-los em água pura e enxugá-los em pano de prato alvejado, puxando seu brilho para o lado do sol. Cortados em cruzes eles se transfiguravam em pequenas embarcações ancoradas na baía da travessa. E barqueiros eram as sementes, vestidas em resina de limo e brilho. Pousado sobre a língua, o pequeno barco suscitava um gosto de palavra por dizer-se. Há, sim, outras palavras mais doces que o açúcar.

A cidade sustentava-se por seus ares de domingo. Aparentemente lerda, se alicerçava sobre secretos sussurros. As casas dormiam no colo de um mentiroso silêncio. Havia, contudo, as frestas das janelas por onde se perscrutava o vizinho. Atrás das portas se escutavam assombros que se supunham segredos. E todas as vidas se viam apregoadas em tom de confidências. As intimidades eram sopradas de ouvido em ouvido e alteradas de boca em boca. Mentiras sobre mentiras. O orvalho, ao cair manso, não refrescava as invejas. Uma cidade afetuosamente cruel.

Havia na cidade a madrasta, a faca, o tomate e o fantasma. A mãe morta ressuscitava das louças, das flores, dos armários, das cadeiras, das panelas, das manchas dos retratos retirados das paredes, das gargantas das galinhas. E ressurgia encarnada em nós, sua prolongada herança. Impossível para a madrasta assassinar o fantasma, que inaugurava seu ciúme, sem passar por nós, engolidores do seu ódio. Ao cortar o tomate — aturdido eu supunha — ela o fazia exercitando um faz de conta.

Todos recomendavam paciência e mais paciência. Um dia — ninguém confirmava — ela se tornaria menos impossível. Instalou-se bem muito longe de onde vivíamos. Para tocá-la, só depois de muito depurados ou decantados. Por ser assim, seria breve como arco-íris, feito de chuva e sol, frágil como as horas. Felicidade era quase uma mentira e, para alcançá-la, só depois de pisar muitas pedras.

É preciso muito bem esquecer para experimentar a alegria de novamente lembrar-se. Tantos pedaços de nós dormem num canto da memória, que a memória chega a esquecer-se deles. E a palavra — basta uma só palavra — é flecha para sangrar o abstrato morto. Há, contudo, dores que a palavra não esgota ao dizê-las.

Queria, sempre, desaparecer com um circo, mas circo não havia. Veio um dia. Armaram na praça central da cidade, com aroma de pipoca e cor de amora. Minha mãe me levou. De mãos dadas penetramos sob a lona quente, numa tarde quente. Naquela noite me deitei, dobrei os joelhos e armei meu circo com o lençol alvejado da cama. Debaixo da lona me dividi em três: me sonhei equilibrando no arame, me imaginei girando no globo da morte e me incendiando ao cuspir fogo. Meu irmão não se interessava pelo circo, mas achava o vidro macio.

Um raso rio cortava ao meio minha cidade. As águas opacas corriam sorrindo pelas cócegas dos pequenos peixes, marinheiros à mercê da correnteza. A cidade partida me fazia, sempre, um morador do outro lado. Não havia opção: em qualquer lugar eu estaria em outra margem. Sem escolha, eu vivia o avesso por habitar a outra orla. Havia uma pequena ponte de madeira amarrando os dois pedaços, não como a exata costura dos alfaiates. Eu caminhava de cá para lá, sem me esbarrar em outra pátria.

Que a vida não tinha cura, o tempo me ensinou, e mais tarde. Na infância o calendário fora inventado para marcar o Natal, a Semana Santa, as férias da escola, os aniversários. Os dias deslizavam preguiçosos, repetindo manhãs e tardes, entremeadas por serenas estações. Impossível para uma criança viver a lucidez da ferida que se abre ao nascer, e não há bálsamo capaz de cicatrizá-la vida afora. Nascer é abrir-se em feridas.

Uma música desafinava a cidade. Impossível interditar o ruído que arranhava os ouvidos. A vizinha da rua direita não nos permitia o silêncio. O silêncio, ela repetia, é casa para os fantasmas. Depois de abandonada pelo marido — que viajou sem bilhete de retorno — abraçou com as pernas o violoncelo. Insistia em dominar os acordes como tentara dominar o esposo. Com o arco em punho — espada de aço frio — ela executava pequenas e repetidas melodias que encrespavam até os ventos.

Seu olhar me promovia a seu prisioneiro. Sempre, se ela me encarava ao mastigar o tomate, eu passava a existir dentro de seus olhos. Seu olhar assaltava-me. Ser o menino de seus olhos aturdia-me. Insistia em fugir, mas seu olhar me sequestrava. Negava ser ela o meu espelho. Meu espelho habitava, secreto, dentro de mim. E débil, naquele globo castanho e opaco, o medo mais se anunciava, com superlativo pavor. Morar em seus olhos era o mesmo que ser roubado de minha mãe. Eu traía, e assim padecia, ao me permitir tamanho deslocamento. Quem ficara guardado — para sempre — na menina dos olhos da morta?

Ao erguer os olhos do livro, o olhar da mãe vinha vestido com novo luar — eu invejava. Em cada página virada ela se remoçava, afagada pelas viagens, amores, incômodos. O livro aberto era seu berço e seu barco, em suas páginas ela se transmutava. Eu suspeitava que o embaraço das letras amarrava segredos que só o coração decifra. Mas uma certeza me vigiava: ler era meu único sonho viável.

Sobre os dias, a ausência da mãe ganhava corpo. O tempo — capaz de trocar a roupa do mundo — não consumia sua lembrança. Quando se ama, em cada dia o morto nasce mais. Em tudo, sua ausência estava presente. Sobre a fruteira da mesa da sala de jantar, na janela em que se debruçava nas tardes, na gota de água que pingava da torneira, no anil que clareava os lençóis, ela se anunciava. No silêncio obrigatório para bem escutar os pássaros, ela se emanava.

Por ouvir dizer, havia um céu por onde voavam anjos vestidos de seda e música, povoando um azul mais longe. Leves — como se de algodão ou arminho — sopravam uma cantiga mansa que o vento varria para os sonhos dos bons meninos. Mas meus ouvidos não ouviam e meus olhos menos viam as legiões celestes. Onde o céu? — eu indagava em contínua ansiedade.

Tarde — com ranço de uma infância desamada — eu amei pela primeira vez. Desarmado, comia o tomate ainda com a colher. O amor da mãe que se fora transbordava, ou melhor, derramava da memória. Foi um amor imenso, sem escolha, autoritário. Meu coração escolheu sem me auscultar. E o amor instalou-se, repentino como o susto. Faltava-me garfo para lutar contra a paixão, e amei com desregradas medidas.

Passarinho não canta, passarinho lastima — minha irmã repetia. Diante da demasiada liberdade seu canto vira pranto — ela teimava. Liberdade, quando abusiva, mais amedronta — ela completava. Ter um céu inteiro por caminho espanta até as asas. Todo pássaro faz um desnorteio ao voar — ela anunciava. O medo interrompe a liberdade, mesmo no coração dos pássaros. A irmã carregava os olhos secos, as mãos cruzadas sobre o coração e raramente se debruçava na janela. As pedras mais antigas, que engravidam a terra, invejariam seu deserto.

Agora — mas desde sempre — não moro bem dentro do meu corpo, daí, acreditar em alma de outro mundo. Não sou o do espelho. Certa estranheza me incomoda. O desconforto solicita-me liquidar o imóvel. Sempre

21

sou um outro morando em mim. Vivo em uma casa geminada. Intruso, pareço inquilino em vias de despejo. Não abro janelas ou destranco portas. Mantenho as luzes apagadas sem anunciar-me aos vizinhos. Pelas frestas pressinto sussurros. Meu espelho não me reflete. Não identifico se há excesso ou escassez de luares. Ignoro a fronteira entre lucidez e loucura.

Para alimentar a saudade do meu primeiro amor, comia retratos, rezava sem fé, mastigava hóstia, subtraía-me, entregava-me às amoras e seus aromas. Não havia mundo lá fora. Só amor, dentro e fora de mim. Virei dois, como a mulher de duas almas que visitava a minha rua. Faltavam-me rédeas para frear meu amor. Ele me roubava para o fundo do quintal, afogava-me nos rios, transportava-me para os pastos, subia-me nos galhos das árvores, mesmo sem fruto para colher. Eu amava, ou melhor, por inteiro, eu só era amor.

Tranquei minha boca, não por falta da palavra. A felicidade abraçava-me, embaraçava-se em meu corpo, salgava-me com o sal de sua saliva. A felicidade se escondia no porão da casa, e cabia a mim visitá-la. Ser feliz era estar em pecado, eu me culpava e negociava o fingimento de estar infeliz. Caminhar por sobre o pecado demandava muitas pernas. Mentir-me em tristeza preservava a felicidade que me assaltara, eu suspeitava.

Ela decapitava um tomate para cada refeição. Isso, depois de tomar do martelo e espancar, com a força dos seus músculos, os bifes. Sofrer amaciava, talvez ela pensasse. Batia forte tornando possível escutar o ruído na rua. O martelar violento avisava aos vizinhos que comeríamos carne no almoço. Eu padecia pelo medo do martelo e a violência da mulher ao açoitar a carne.

Depois, com o sal na ponta dos dedos, ela salgava os bifes, lentamente, dos dois lados, como o rio da cidade. O sal agia sobre a carne morta e uma água ensanguentada se empoçava no fundo da travessa de louça. O gato da minha irmã suspirava diante da sangrenta água. Os bifes eram finos — magros como eu — pelo amargor dos espancamentos. Ao depois de muita tortura, a carne se transfigurava em pedaços de rendas esgarçadas.

Minha mãe prezava as rendas pelo que havia nelas de fragilidade e trabalho. Todas as suas costuras eram arrematadas com rendas nas margens. Na ausência de rendas, ela mesma as tecia, pacientemente, com linhas de seda, trazidas da China, para presentear nossos olhos com mais cortesia. Ela não escolhia os lados. Toda margem, mesmo as do riacho da cidade, merecia seu desvelo.

Não, não é somente a flecha da palavra que acorda a memória de seu estupor. O incenso é um perfume que me suscita para a incerteza de Deus. A rara fragrância da alfazema guia-me para o bem profundo, pátria definitiva de minha mãe. O Lancaster me devolve à vaidade que houve. O ácido perfume do alecrim me abre em viagens por fazer. O odor da mortadela deslancha em mim fragmentos de afagos, relíquias escassas do pai. O tomate não exala nenhum cheiro. É da índole do tomate manifestar-se apenas em cor e cólera.

O amor, ao anunciar-se, assustou-me. Invadiu-me de repente, sem pedir licença ou por favor. E naquele tempo se usava pedir desculpas para ser feliz. A felicidade nos era interditada. Toda tristeza prenunciava uma felicidade que não chegava. Dormi e, ao despertar-me, já amava. Acordei-me em saudade. Não sei o itinerário do sonho naquela noite. Nada mais me incomodava: o tomate, o bife, o álcool. Só embalava-me o porão do sobrado da casa, onde nos amávamos, sobre chão de terra e sob céu de tábuas corridas. Talvez tenha sonhado com girassóis, sem conhecê-los. Sabia apenas que eram flores exageradas, cresciam sem medo. Não exageradas como o sono do morto.

No fundo do quintal, e contíguo aos tomateiros, germinavam pequenos raminhos de beijos, bocas-de-leão, amores-perfeitos. Brotavam rosas protegidas por espinhos, que mereciam muita tenência para não ferir os dedos. Colher rosa, uma tarefa perigosa e não valia a pena, ou valia tantas penas. Na rosa, a vida é breve, e, nas feridas, a vida é longa. Melhor deixá-la murchar em seu ramo e apreciá-la à distância. Continuamente, eu sofria pelo medo de sofrer.

Mentir a si mesmo é uma fórmula para aliviar--se. E não há contraprejuízo ao enganar-se. O pecado sobrevive dentro do pecador. Cada mentira é mais outra fantasia. Os pingos da torneira da cozinha, noite adentro, perturbavam nosso sono. Só a mãe mentia às torneiras, interrompendo o ritmado barulho. Amarrava um pano na torneira e deixava a ponta do tecido se estender até o fundo da pia. O tecido absorvia as gotas e se encharcava sem interromper o destino das águas, morrendo no bem fundo do bojo. Ela sabia camuflar o ruído sem interromper as águas. A mãe fazia a fantasia virar verdade.

O tomate coroava os pratos. Parecia um reino em que o arroz, o feijão, a carne, a abóbora eram os súditos. E o tomate — pedaço de um rei sacrificado — reinava sobre todas as coisas. O tomate insistia em dar sustância às nossas refeições. Desde sempre imaginei a raiva vestida de vermelho, empunhando uma faca.

Ao amar, desvendei a serventia do corpo para além de guardar a alma imortal. Até então, o corpo só me servia para carregar no estômago o tomate. Favorecia-me, vez por outra, ao nadar no córrego e desfrutar a maciez das águas, ao pedalar a bicicleta do padre, ao correr nos campos e vencer o mais longe. No amor, meu corpo delatou a presença da alma, que veio morar na superfície de minha pele.

Eu avistei o vigário — representante de Deus na cidade — cruzando de bicicleta a ponte do rio. Como o mundo, não sabia de onde ele vinha nem se viajava para o céu. O vento soprava sua batina negra, e um anjo de fumaça escura parecia voar com ele. O padre puxou a batina até a altura dos joelhos, que ele sempre dobrava em orações, diante do altar. Decepcionei-me ao observar sua calça de brim bege. O santo homem era também um

homem. Quis ter uma bicicleta para me bus-
car muito depois de mim.

A mão do amor roçava meu corpo — mansa
como a melancolia — afrouxando-me inteiro.
Eu me entregava, sem reservas, com paixão e
desmedo. Sumir dentro de meu amor, perder-me
em sua respiração, encarnar-me em sua carne,
ser o sonho de meu amor, era tudo o que mais
pensava. Nem minha mãe, bem longe de mim,
adivinharia meu paradeiro. Meu amor me
acrescentava mais pecados, mas o padre, no
segredo das confissões, perdoava-me.

Menino miúdo, menor que a vida, debilitado
pelo amor, eu repetia que a dor do parto é também de quem nasce. Doía. Doía na pele inteira,
e profundamente. Minha toda fragilidade, suportava toneladas de desassossegos. Impossível
deitar-me em meu próprio colo e acalentar-me.
Não suportaria o peso de minha carga.

Estacionado na porta do homem da tesoura,
reparava seus cortes. Tudo eu olhava devagar
para bem imaginar. Sua mão firme retalhava

os caminhos riscados sobre a casimira ou linho. O destino da tesoura era traçado. No meu caminhar não havia amparo. Nunca o alfaiate torturava o tecido para depois perguntar-se: para quê? Em princípio, os pedaços de panos lembravam mapas de tantos países: Itália, França, Cuba, Grécia, Portugal. Depois, a agulha alinhavava as fronteiras e o paletó mostrava-se completo. A ponta fina da agulha vazava o ar e amarrava, com perfeito amor, os estranhos pedaços. Suspeitava que o mundo não fora riscado antes de cumprir-se. Suspeitar é negar-se à certeza.

Mas também passarinho é uma vírgula pontuando o céu. Eu ensaiava ler as perguntas que preenchiam o azul vazio e os pássaros virgulavam. Descobri ser uma língua estrangeira a voz dos pássaros, e embaraçava-me. Então, subvertia respostas para tapear meu desconsolo. Não ter resposta é confirmar-se ausente. Viver exige perguntas e eu, mudo, não sabia responder.

Também pela superfície profunda da pele a

memória se faz palavra. No roçar do frio as lembranças das mãos do amor desanuviam-se. Na água morna que enxágua o corpo nasce um desejo de desnascer. É atravessando os poros que sua voz, em música, alcança meus ouvidos. O aço frio da faca afiada encrespa--me da carne à alma.

A mãe colhia singelos buquês de flores e sepultava aos pés de Nossa Senhora do Perpétuo Socorro. Imagem de gesso, colada com grude de polvilho — de muito tombar — na quina do quarto. Às vezes, uma vela permanecia acesa, sem pecado para queimar-se. Comemorava-se uma graça ainda por chegar. Só as rosas não se intrometiam nessa indesvendável promessa. Desconheço o motivo, se pavor do espinho ou da dor. Agora, com sua ferida cicatrizada, ela nos deixou entre rosas, já sem medo dos espinhos, sem respirar o perfume, sem reparar nas cores.

Ah! Só meu amor me sabia! Se por descuido passei a amar, em cada instante ele se fazia mais indispensável. Meu coração escolheu e agora minha carne exigia sua presença. Ah! Como o corpo exige! Se o medo me invadia, se vago o horizonte, se fria a aragem, meu amor era minha moeda. Sob os juros do amor eu me enriquecia.

A mãe nos contava sobre nossos bens: uma casa com um quintal, uma horta sob mangueira, um pé de jabuticabas — que nos espiava com muitos olhos pretos. No mais, um regador para dar de beber às plantas. Nas tardes, quando o tempo se faz humano por parecer duvidar, minha mãe, sustentando o regador pela asa, benzia as flores. Exalava um perfume de terra molhada e a alma se fazia definitivamente telúrica. Viver tinha sabor de chão encharcado. Mas isso não leva importância.

A madrasta mantinha especial conversa também com o fogo. O tomate, comia-se cru, frio pelo aço da faca. Ao livrar-se dos pesados cobertores da noite, seus passos duros caminhavam para o fogão. Soprava as cinzas que pairavam sobre as brasas, desfazendo a mentira. Atiçava, e as chamas ressuscitavam, es-

tralando em suspiros. Despertavam verme-
lhas como a fatia do tomate brilharia dentro
dos pratos.

O fundo é frio e a terra úmida. A aragem não
sopra no lá embaixo. No fundo, o peso da
terra é definitivo véu. Não há carga que o
corpo morto não suporte. Não há alma lá no
fundo. A luz não desfaz o breu que arde no
bem profundo. No bem fundo, não há palavra
capaz de soar. Mas o silêncio não existe no
fundo. O nada interrompe tudo. A mãe dorme
no muito fundo.

Seu adeus me deu, como sina, ler o além das
letras. Aprendi, com sua ausência, a decifrar
o depois dos olhares, se de afagos ou de re-
pulsa. Li os segredos das mãos, se abençoando
ou repudiando. Decifrei a censura se manifes-
tando na linha dos lábios, amargos ou doces.
Lendo adaptei-me a corresponder ao projeto
do outro sobre mim. Desviando-me de mim,
e, ingênuo, desconhecia a impossibilidade de
novamente viver o dia de ontem. Sua partida
me legou, como herança, a habilidade de ex-

plorar meu tesouro em seu vazio.

Brincar irritava a ira de nosso pai. "Viver demanda muita seriedade", ele retrucava. Só contar estrelas permitia, por ser uma lida sem fim. Os filhos se assentavam no degrau da escada, em fila. Rendiam-se à primeira estrela e rezavam: "Primeira estrela que eu vejo me dê tudo que eu desejo". Naquela tarde eu vi primeiro. Orei à luz para não deixar meu amor quebrar-se, nunca mais. O adeus da mãe, tenro, invocou-me a subtrair de mim a crença no absoluto. Estrela, não quero espinho — insistia aturdido.

Eu vagava sobre o compasso do pecado. Tudo por escutar as frestas das janelas. Menino pecador e sem remorso, eu suplicava perdão, sem fé, caminhando entre dúvidas. Não, não amava a Deus sobre todas as coisas. Amava meu amor mais que a mim mesmo. Outra vez embaraçava-me nos abraços. A felicidade destrancava um paladar ácido de culpa que só a alma degusta.

Meu pai destemia o tempo. Seus olhos nos confirmavam isso. Ele derramava um olhar bêbado sobre nossa alegria. Tudo vencia como os ponteiros do relógio assaltam o tempo, continuamente. Media tudo, minuto a minuto e segundo a si mesmo. Cheguei a desejar meu pai um relojoeiro, interrompendo as horas de todos os relógios. Quem sabe, um dia, cheio de medo do sempre, ele nos outorgaria viver sem culpa por sermos felizes? Meu pensamento desdobrava a lona cinza do caminhão — sempre encostada num canto da sala — e cobria meu pai por inteiro.

Um dia me peguei amando meu irmão e vivendo as muitas mãos do amor. Sua compaixão roçou-me a emoção por inteiro. Admirando meu pânico diante do tomate — supus — ele devorou por mim a minha fatia. O tomate pousou em meu prato e me foi roubado pela colher de seu escondido carinho. Eu não disse palavra. O essencial manifestou-se como fraterno ao silêncio. Guardei-me em gratidão.

Se a chuva chovia mansa o dia inteiro, o amor

da mãe se revelava com mais delicadeza. O tempo definia as receitas. Na beira do fogão ela refogava o arroz. O cheiro do alho frito acordava o ar e impacientava o apetite. A couve, ela cortava mais fina que a ponta da agulha que borda mares em ponto cheio. Depois, mexia o angu para casar com a carne moída, salpicada de salsinha, conversando com o caldo do feijão. Tudo denunciava o seu amor. Nós, meninos, comíamos devagar, tomando sentido para cada gosto. Ela desconfiava que matar nossa fome era como nos pedir para viver. A comida descia leve como o andar do gato da minha irmã.

Exige-se longo tempo e paciência para enterrar uma ausência. Aquele que se foi ocupa todos os vazios. Como água, também a ausência não permite o vácuo. Ela se instala mesmo entre as pausas das palavras. Na morte, a ausência ganha mais presença. É substantivo e concreto tudo aquilo que permanece. Daí, os mortos passearem entre nós. Jamais imaginei seu espírito transfigurado em fruto.

O pai viajava por distantes estradas. Partia

nas madrugadas — secas ou frias — deixando um barulho de poeira seca por onde
rodava. A lembrança de seu olhar nos ameaçava pelos gestos da esposa. A certeza de
que fôramos lembrados por ele — mesmo
por remorso — exalava das fatias de mortadela que incensavam os cômodos da casa,
em seu retorno. Seu carinho, eu suspeitava,
aparecia pontuado de pimenta de um reino
quase só imaginado.

Eu conheci a mulher da sombrinha vermelha, esposa do homem do guarda-chuva preto.
Nunca soube quem inventou esses nomes, mas
nem mesmo sabia quem inventou a mim. Sempre via-me como uma promessa em vias de
cumprir-se. A mulher não se afastava nunca da
sombrinha encarnada. Se aberta, meio tomate
gigante, em gomos, flutuava. Debaixo de seu
tomate protetor do sol ou da chuva, ela provo-
cava a inveja na madrasta, eu suspeitava.

A mãe indicava, no quintal, a galinha para
o almoço. A mulher da sombrinha vermelha
olhava e imobilizava a ave pela força única de

seu olhar. Indefeso, o animal permanecia parado como se brincando de estátua. O olhar da mulher não ameaçava como o olhar do pai. Um fazia ficar e o outro mandava partir. O homem do guarda-chuva preto morreu de nó nas tripas. Ninguém usou de faca para fatiá-lo e conferir. Era apenas uma suspeita.

Durante quatro estações, em todas as manhãs, o trem deslizava em frente de nossa casa. Nascia na cidade de um avô, que escrevia nas paredes, e morria na cidade de outro avô, com seu olho de vidro. Sempre suspeitei o nascer como entrar num trem andando. Só que, o mundo, eu não sabia de onde vinha nem para onde ia. E, no meu vagão, não escolhi os companheiros para a viagem. Eram todos estranhos, severos, amargos, impostos. Também entrei sem comprar o bilhete de viagem. Minha bagagem, pequena, cabia debaixo do banco — da segunda classe — sem incomodar. Contrabandeava poucos pertences: uma grande dor que doía o corpo inteiro e a vontade de encontrar um remédio capaz de remediar o incômodo. Até hoje o mundo ainda não atracou. Vou sem escolher o destino. O trem estancava na minha cidade, trocava de carga e reabastecia-se. O mundo só nos permite uma baldeação definitiva.

A madrasta montava a comida em cada prato. O arroz de um lado. O feijão ralo ficava ancorado no arroz, lembrando uma praia mansa com um mar negro, sem ondas. Na extremidade do oceano, uma ilha feita de abóbora, chuchu ou quiabo, segundo sua escolha. Um fragmento de carne — renda bem engomada — segurava o arroz. A fatia de tomate entrava como um sol, sobre o arroz em neve, colorindo seu império.

Minha irmã maior gostava de agulhas. Meu primeiro irmão mastigava vidro. Uma brisa morna morava na ponta dos dedos da quase moça. Ela trespassava na agulha uma linha, de azul profundo, e bordava. Tecia paisagens com ponto de cruz, miúdos, mas tão miúdos, que ficava difícil acreditar que não eram mares as águas que ela crucificava. Não erguia a cabeça quase nunca. Vivia curvada sobre os panos, construindo suas cruzes sobre um desconhecido calvário. Na testa trazia uma cicatriz enviesada. Os olhos exigiram lentes grossas para desanuviar o mundo. Ao brincar com sua boneca de celuloide, trancada no banheiro — escondendo-se do pai — caiu e levou muitos pontos. O medo bordou sua fronte com pontos de dor.

Um sonho fora do sono persistia em mim. Nasci afogado por ele: o de desvendar o mar. Afundar-me em sua grandeza, salgar-me em sua salmoura, esconder-me em suas ondas, surgir desafogado onde nem eu me sabia. Eu só desconfiava o mar por ouvir dizer. Numa infância sem surpresas, cercado pelas montanhas, o mar escondia-se depois de muito pensamento.

O pai recebia seu prato, seu garfo e sua faca. Senhor de dois punhais, comia manso. Mastigava tudo sem muito embaraço. Nunca empunhou as armas contra os passageiros do trem. Cortava o bife com a faca e espetava o retalho da renda com o garfo. Em meu livro de catecismo, um demônio empunhando um garfo de três pontas nos levava a um pavor do inferno e medo dos pecados. Eu olhava meu pai comendo e consumia ligeiro todo o meu prato, para arrematar antes de todos. O último ouvia dele a mesma sentença, sempre: "Esse menino só nasceu para comer!".

Meu irmão mais velho me convidava para trás do muro. Carregava pedaços de vidro no bolso da calça. Escondidos, ele começava a mastigar as lâminas. O barulho me fazia arrepiar. Meu corpo ficava enrugado como a lixa que meu tio usava para polir as tábuas na serraria e construir o teto de meu céu. Um medo imenso me invadia, sem me dizer por favor. Pensava em sua língua sangrando e o vidro retalhando sua garganta e se misturando ao tomate do estômago. O canto das cigarras e mais o ruído dos vidros triturados pelos seus caninos dentes me irritavam. Depois, ele cuspia o vidro moído e o chão parecia ladrilhado com pedrinhas de brilhante. Era bonito, mas meu amor não passava por ali.

No princípio, eu guardava meu verbo amar debaixo de muita gramática. Se por prudência, também pelo medo de desbotá-lo ao deixá-lo vir à luz. Sempre vi a palavra penumbra como a claridade suficiente para proteger o amor. Quando longe do meu amor, ele se anunciava pelos crepúsculos, pelas noites sem sono, pelos pensamentos desocupados, pelas manhãs penetrando por debaixo das portas, pelas dores que doíam a pele por inteiro. A compaixão — sem lágrimas — de presenciar o tomate sendo dividido, eu creditava ao meu amor.

A madrasta comia depois. Compunha cuidadosamente seu prato: um mar de feijão com uma ilha de arroz no meio. No cume da montanha nevada ela deitava a transparência do tomate. Desgostava de abóbora, chuchu ou quiabo. A carne — essa sim — ela mortificava ferozmente. Além de torturá-la, triturava com os dentes como meu irmão mastigava os vidros. Sem remorso por ter degolado o tomate ou açoitado a carne, ela saciava sua fome como a Branca de Neve mordera a maçã. Esperava a noite para acalmar-se nos abraços do pai, eu suspeitava.

No vagão de segunda classe, onde tomei assento, minha mãe e meu pai me aguardavam, ao lado de dois irmãos. Não, não sou o terceiro. Sou o quinto. Quando me instalei no trem, dois irmãos haviam passado e já partido. Desapreciaram a viagem e dispersaram-se no início do percurso. O vagão, por certo, trepidava muito e baldearam-se para incógnita estação. Num carro de segunda classe, se nada sobra, nada falta, mas nem tudo é justo. Eu tive e não tive mais dois irmãos. Esse mais ou menos gerou em mim um compromisso de viver sob quaisquer suspeitas. Nasci mais ou menos órfão.

Sonhei-me um tomate, maduro e pequeno, preso num cacho, com outros cinco, todos verdes. Sonhava um escândalo: ser um tomate. Sabia estar em sonho, mas não me acordava. Se tentava fugir, os irmãos verdes impediam. Não pediam, mas adivinhavam minha angústia. E eu, tomate, não possuía olhos para chorar ou boca para falar. Meu horror era de ser colhido e degolado. Fazia um esforço imenso para enverdecer. Verde, minha vida seria mais longa. As sementes tremiam, debatiam para se livrarem de minhas grades. O alívio veio com a manhã e deparei com a chuva penteando o quintal. A mulher de sentinela, já na beira do fogão, soprava as cinzas das brasas.

O irmão, degustador de vidro, sabia ler. Decifrava as palavras e seus escuros. E escrevia, por isso, pensava, — suspeitei. Escrever é também pensar, eu desconfiava. Um dia lhe pedi que me ensinasse a rabiscar a palavra tomate. Ele pegou o lápis, reparou sua ponta e me disse: "É preciso afiar bem a grafite. Só com a ponta do lápis exageradamente fina se pode fazer a palavra tomate". Assustei-me. Para escrever a palavra tomate meu irmão necessitava de um punhal, concluí. Descobri meu irmão irmanado a mim e suspeitando nosso exílio diante do tomate nas mãos da mulher.

Coração do outro é uma terra que ninguém

pisa. Minha mãe repetia essa oração quando recebia a visita de muda melancolia. Meu coração estava pisado pelo amor, e só eu sabia. Era um caminhar manso como pata de gato traiçoeiro. Fugia com meu amor para todas as penumbras. Seis minutos eram suficientes para a saudade me transbordar. Fui, desde pequeno, contra matar a saudade. Saudade é sentimento que a gente cultiva com o regador para preservar o cheiro de terra encharcada. É bom deixá-la florescer, vê-la brotar como cachos de tomates, desde que permaneçam verdes e longe de faca afiada. Nada tem mais açúcar que um tomate verde.

Ela deixava a cabeça tombar sobre o pano, como se procurasse seu próprio colo. Atravessava a agulha sem ferir a trama do linho. A linha abraçava o tecido de maneira amorosa como meu amor me enlaçava. No rastro da linha nasciam pequenos ramos, algumas flores, peixes entre algas. Minha irmã desocultava seu carinho nos bordados. Quando a linha estava por terminar, ela dava um nó forte para não deixar fugir sua imaginação. Eu não podia entender a semelhança entre o nó do bordado com o nó nas tripas do homem do guarda-chuva preto. Um nó, eu podia ver, o outro, só suspeitava. Suspeitar é não ter certeza. Minha alma se dividia em duas: uma da verdade e outra da mentira. E ficava difícil de escolher.

Meu pai se encostava na pia, depois de afiar a navalha. Cobria o rosto com espuma branca e estava mais velho que São Pedro. Eu não conhecia Papai Noel. Jamais o presente me surpreendeu. Depois, aparava a barba deixando o rosto mais liso que a pele dos tomates. A loção invadia a casa, forte como o álcool. Meu pai rejuvenescia seis anos. Graças a Deus — com perdão da palavra — minha madrasta jamais se lembrou de retalhar o tomate com o fio da navalha.

O gato que não miava pertencia à irmã mais nova. Branco, com olhar azul, o gato carregava a leveza das manhãs de maio, seca e fria. Mas não miava. Abria a boca, mostrava os dentes afiados, com um olhar de súplica, mas se negava a miar. Acomodava-se no colo da irmã como a semente se aninha no fruto. Ninguém ousava tocá-lo. Vez por outra, soltava um lamento arranhado e brando. Em sua cara lia-se uma preguiça diante da agilidade dos ratos. De muito amoroso, sabia-se que jamais mudaria de cardápio: bebia leite e lambia o bem fundo da travessa como se fosse sangue.

A mulher da sombrinha vermelha tinha na carne uma educação exemplar. Aprendera na cartilha das abelhas, e de um tudo só retirava o mel, eu pensava. Sua boca só existia para o açúcar. O amargo, não soube em que lugar guardava. Duvidava da existência de uma vida inteiramente doce. Ela não sabia ler cartas, mas decifrava outros enigmas: um rosto triste, uma mão vazia, uma sombra no olhar. Fazia a saia dialogar com a blusa, a jarra conversar com as flores. Compreendia a solidão que o macarrão exigia. Dia de macarronada só comia macarronada. De tudo dispensava o supérfluo. Fazia do tomate rosas para decorar o arroz, em dia de festa.

Ah! O tomate. Quanto espanto ele me suscitava. Sua presença anunciava meu exílio. Um dia, por certo, eu deveria ser deportado, mesmo sem cometer crime. Nunca supus que carregaria comigo — vida afora — a imagem do tomate maduro preso entre seus dedos. Mas não recusei, jamais, a fatia que me tocava. Minha mãe anunciava que para viver era preciso engolir sapos. Mesmo gosmentos, ásperos, enrugados, é necessário deixá-los deslizar garganta abaixo, sem lastimar. Não há semelhança aparente entre o sapo e o tomate. Um vive, o outro vegeta.

O irmão mais velho aprendeu cedo a deixar-se conduzir pelo caminhão do pai. Sem carteira de motorista, escolhia as estradas secundárias. Viajava entre buracos e tropeços, entre caminhos de depressões. Por descuidos, ultrapassava quando a faixa era contínua. Identificava a diferença entre a vela de Nossa Senhora do Perpétuo Socorro e as velas do motor. Devia sentir um desejo imenso de degustar o vidro do para-brisas. Por vezes, ele me convidava para tomar banho juntos, na bica do quintal, debaixo da água que chegava das montanhas. Nus, arrepiados pela água gelada, eu contemplava sua presença de homem e me acusava como apenas um menino, indefeso, cheio de medo do amor e do tomate.

Sete. A irmã mais velha passou a bordar lençóis, fronhas, toalhas. Todo enxoval construído em ponto de cruz. Só tramava a primeira letra de seu nome. O noivo andava escondido em seu desejo. Não dar palavras ao desejo é ocultá-lo na solidão. No segundo tempo, e bem depois, outra letra veio abraçar o seu nome. Casou. Foi morar longe e nunca mais bordou. Ventilavam notícias de seu marido, agora, sua cruz. Desde sempre suspeitei — por recusar a certeza — que ela casara fugindo do tomate, sem considerar o amor. Ah! Vou esconder meu amor, para sempre — eu suspeitava.

A mudança da irmã, e seus matizes, permitiram ao tomate produzir fatias mais espessas. Mesmo mais densas, vislumbrava-se, através delas, o arroz na margem do mar de feijão.

A madrasta, pouco amante de delicadezas, dominava o ato de dividir. Agora entre sete.

Ela esfregava a roupa na pedra do tanque. Sua raiva arrancava as manchas de terra, as nódoas de bananeira, as sujeiras de carvão. Não cantava. Lastimava pela quantidade de panos, pelo gasto com o sabão, pelo desperdício das águas. Ensaboava com tamanho empenho e músculo, se esquecendo de reparar nas espumas, semelhantes aos suspiros da mãe, assados em forno brando. Seus olhos só viam o sujo. Não aprendeu — com a mulher da sombrinha vermelha — a ler na cartilha das abelhas.

Seu remédio era o canto. Recostada na cabeceira da cama, debaixo do crucifixo, a mãe exorcizava a dor. E as canções de despedidas, de amores perdidos, de momentos partidos, preenchiam o silêncio. E mudos, com os pensamentos encharcados de perguntas, os filhos escutavam os gemidos em forma de música e aprendiam a cantar. O pai, atracado na porta, sem âncoras, espiava o horizonte e respirava o cheiro do álcool, agora desinfetando a pele rugosa para doloridas injeções.

A irmã, proprietária de um gato que não miava, decidiu esconder as palavras e passou a miar. A tudo respondia com um miado mais fino que a rodela de tomate. Roçando as pernas das cadeiras, escondida debaixo das mesas, se esfregando nos portais, a irmã miava, e seu gato, mudo, não falava. O gato se negava a trocar de lugar. Um dia eu soube que o arco-íris é filho da admiração. Nunca esqueci tal enunciado, mesmo suspeitando ser mentira. A irmã miando, abraçada ao gato mudo, me fazia crer no efeito colateral causado pelo tomate.

O homem do guarda-chuva preto morreu com nó nas tripas e deixou um nó cego na minha cabeça. Foi plantado no pequeno cemitério da cidade. Como herança ficou uma plantação de mandioca no quintal de sua casa. A mulher da sombrinha vermelha — mulher de fé — vestiu a rama com as roupas do marido, eu vi. No pôr do sol, ela se ajoelhava diante do pequeno fantasma e rezava. Nunca decorei sua oração. Sua testa se franzia e suspeitei de suas perguntas, mas, também eu, não escutava respostas.

Com o cuidado de quem sabe colar os amores trincados, a mãe remendava as roupas rasgadas. Escolhia as cores das linhas, os tons dos tecidos, as tramas da fazenda. Tudo para disfarçar a pobreza e proteger o marido. Vizinho tem língua comprida, ela nos cochichava, entre um ponto e mais outro. Pelas frestas das janelas é possível escutar seus sussurros. Ao contrário das cobras, vizinho sopra primeiro para depois morder.

A vizinha, do lado direito da rua, sabia ler e escrever. Estudou em escola não reconhecida pelas abelhas. Autorizava-se a distribuir suas dissimuladas verdades para além das frestas das janelas. Não suportava uma contestação. Tudo lhe servia para o consumo externo. Citava normas, em língua afiada, zombando da razão dos outros. Percebia-se que suas palavras eram desencarnadas e não filtradas pelo consumo interno. Também, sem raízes, as palavras nasciam e morriam em sua boca. Minha mãe afirmava que muitos passam pela escola, mas a escola não passa por eles.

O amor sobressaltava em mim. Prosperava sem medo e veio sair pelos olhos, nariz, ouvidos, jamais pela palavra. Investi, sem medida, no verbo amar e me vi mudo. Minha boca não exalava palavras. Beijar era minha espuma, meu mar, meu batismo. Discordava do céu como a suavidade suprema. Quando as bocas se entretinham debaixo do assoalho do porão, o paraíso se anunciava. Pela boca o amor me devorava. Não projetava outro céu. O amor apaziguava minhas águas.

Uma mulher com duas almas assombrava nossa rua. Uma alma de Deus a serviço de uma alma do demônio. Uma fada a serviço de uma bruxa. A fada possuía seu corpo, a bruxa, seu coração. Ela vestia seu estreito corpo com tecidos mansos, estampados de miosótis ou bolinhas de um azul calmo sobre seda clara. Seu cabelo, na altura da nuca, era branco misturado ao cinza que cobre as brasas. Andava com um passinho leve — pardal ciscando a terra. Seu sorriso, bastava reparar, era suspenso como o das hienas. O coração, contudo, um imenso caldeirão onde borbulhavam a inveja, a mágoa, o desamor. Diziam que seu marido partiu atrás de menos martírios. E a todos que a fada seduzia a bruxa servia sua poção amarga. Seu cachorro branco, tímido, portava uma doença de pele. Não sei se ele almejava o céu ou o inferno. O cão, ao olhar, suplicava carinho, mas não se deixava acariciar. Teria o cachorro também duas almas? A madrasta, arreada sobre o muro, negociava tomate com a mulher de duas almas. Eu suspeitava.

Um tomate era a medida exata para cada refeição. Suas unhas longas, sintecadas de um vermelho intenso, suspendiam o fruto no ar. Com a mão tensa segurava o cabo da faca, pronta para retalhar a miséria. Minha garganta, sem saliva, seca, áspera, acompanhava a execução. A iminência de partir somava-se ao medo de ficar. Doía. Doía muito. E doía no corpo inteiro.

A cidade acordava lerda, como se fosse possível escolher os sonhos. O sino da igreja serrava as ruas, becos, praças. Os habitantes sentiam-se prenhes de Deus e perdoados dos pecados ainda por cometerem. O cheiro do café conciliava as almas e a vida, provisoriamente. Ao tomarem das palavras, os lamentos rabiscavam o povoado como se impedidos de escolher outro destino.

A irmã — a mais nova — nasceu sem mãe. Balbuciava, seguidamente, o nome do pai. Ao tomar o trem, a partida da mãe fora anunciada. Crescia sem raízes. Desprendia-se fácil do chão. Ao ignorar a origem descosturou o futuro. Seus olhos atravessavam as coisas e vazavam no depois. Brincava de adivinhar, por ser uma menina filha da dúvida. Cedo, encantou-se com o globo terrestre pousado, sem rotação, sobre a cômoda escura. Cada dia renascia em um lugar e marcava, com alfinete, para não repetir o nascimento: Itália, França, Cuba, Grécia, Portugal. Vigiava o nascer do Sol e dividia-se em muitos pontos cardeais. Desenraizada, jamais perdeu a direção, sem, contudo, encontrar um destino seguro. Dormia voltada para o nascente, ansiosa pelas madrugadas. Permitia o tomate e deixava sua fatia para devorar na última colherada. Apreciava a tarde com o sabor de tomate no céu da boca.

O irmão, o mais velho, recontava as histórias ouvidas da professora. Depois da morte, fuga, abandono, traição, afirmava: "Foram felizes para sempre". Sempre pensei o "sempre" como um tempo muito longe. O sempre começava no nascimento e acabava, para cada um, numa hora que fugiu do relógio. Viajar para o sempre não demanda bilhete de partida. Quando se assusta, somos expulsos para o sempre, mesmo sem passagem. Eu sabia que viver um dia é ter menos um dia. Comer o tomate era subtrair um tomate. Para sempre me convenci de que o tomate era meu calendário.

O medo da solidão pode nos tornar acessíveis, recomendava a mãe. Impor-se atento diante da solidão é questão de prudência. Quando a sede avança podemos beber da água do poço mais próximo, por concessão. É sensato sustentar a sede e alcançar a mina. Eu ansiava pelas primeiras águas, atravessando imenso deserto.

Seis. Mais breve que o susto o irmão foi-se. Diferente da partida da mãe, ele escolheu afastar-se sem noticiar seu endereço. Não houve flor, cera, reza, terra, nem o mais profundo. Como pássaro, voou com desnorteio sem deixar rastro. Procurei por ele em todas as horas, sem encontrá-lo mesmo fora do relógio. A lucidez da solidão enforcava-me, impedindo-me de gritar por ele.

Já não se entrevia o arroz através da fatia do tomate. A faca fatiava com precisão cirúrgica. O exílio do irmão deu mais sustância ao tomate. Agora dividido por seis. Não era possível devorá-lo com apenas uma colherada. Minha fatia eu dividia ao meio. Um pedaço para mim, outro para minha fantasia.

Por ouvir dizer, apontavam-me como seme-lhante à sua fotografia, escondida no fundo da arca de madeira de lei. Na névoa do olhar, na melancolia escrita na fronte, na parcimônia do sorriso, nas meias-luas nas unhas, nas pausas semibreves ao pontuar o mundo, no desconforto pela incógnita do futuro, minha mãe vivificava em mim. Em mim, prolongava-se o ranço de sua presença. Impossível ignorá-la diante de mim. Doía. Doía o corpo inteiro.

Mas havia as tardes, com essências inodoras de crepúsculos. Neste instante de incertezas — entre cores — a vida com suas dúvidas se torna por demais demorada. (Viver fica entre parênteses.) A paciência aconchega a alma e adormece a dor. A beleza gratuita das tardes arranha até os olhos e toda ausência mais dói, e mesmo o silêncio é insuficiente para supor-tar esse meio-termo.

Eu desconhecia a extensão do mundo. Minhas palavras minguadas não explicavam minha descrença na esperança. Eu possuía, oculto em mim, também o que eu não sabia dizer.

Trazia de cor e decifradas algumas palavras: aturdido, suspeito, profundo, deserto, promessa, solidão e um amor condenado a minguar pelo exílio. Cobiçava conhecer mais palavras para nomear o incômodo perpétuo instalado pela dor.

No lugar de meu irmão veio morar comigo o Pintassilgo. Menino negro como o pássaro. Meu amigo emitia um assobio afinado como flauta soprada por anjo. Saltávamos pelos morros atrás de mais passarinho para conversar. O menino amigo, cantando outros silvos, me fazia fartar-me de fugaz felicidade. E não havia mentira mais verdadeira do que a de supor possível escutar o coração dos pássaros.

Cinco. O correio trouxe notícias da irmã que já não bordava mares com linhas azuis. Sua letra trêmula no envelope indicava o urdimento de estranhas tramas. Pedia à irmã mais nova para — em mais um de seus nascimentos — nascer ao seu lado. Estava só, e havia meses alimentava-se de solidão. Afirmava estar salgando seu prato com lágrimas. Sem mais para

dizer-se, despedia suplicando o acordo do pai.
A irmã mais nova renasceu para sempre em
outro lugar fora do globo, sem o alfinete de-
marcando a distância.

Cada despedida se anunciava dando mais
sustância às fatias do tomate. O que antes era
apenas transparência — hóstia maculada de
ameaça — agora se fazia corpo e decretava
abandono. As mãos matemáticas da mulher
registravam com a faca e a força, e sobre a
pele do tomate, suas premeditadas vitórias.

Há dias em que o passado me acorda e não
posso desvivê-lo. Esfrego os olhos buscando
desanuviar a manhã que embaça o dia. Deixo
a cama carregado pelos fados de ontem.
Encaminho-me à cozinha sabendo não encontrar brasas cobertas de cinzas. Sorvo um
pouco de café, e o sabor do quintal de meu avô
já não me vem à boca. Sem possuir um olho
de vidro, diviso o mundo vivido do mundo sonhado, com a nitidez da loucura. Meu real é
mais absurdo que minha fantasia. O presente
é a soma de nostalgias, agora irremediáveis.

A memória suporta o passado por reinventá-lo incansavelmente. Tento espantar o presente balbuciando uma nova palavra. Tudo é maio, tudo é seco, tudo é frio.

Eu espichava meus ouvidos de criança para escutar os recados das cartas espalhadas sobre sua mesa. A vizinha do lado esquerdo da rua previa destinos. Uma dama de paus junto ao valete de espadas indicava amor imprevisto. O rei de ouros predizia fortuna interrompida pelo ás de copas. O valete de ouros revelava uma traição, seguida de perdão. A cartomante anunciava viagens por terras longes. Eu ensaiava adivinhar o obscuro filtrado pelas frestas das janelas. As cartas nunca revelariam meu escondido amor.

Ao transbordar a vida se faz lágrima e rola salgando o passado morto, mudo, que dorme no canto da boca. Não há condimento capaz de temperar o futuro. Só se salga a carne morta. O depois não tem pressa e chega em seu tempo, seco e frio. O pranto acontecia pela intensidade dos porquês. Não há merecimento ao sofrer por falta de explicações. A vida nos espia para creditar mais culpas. Tudo era claro e sem exigências de respostas: o tomate, o pai, a madrasta, a faca, os irmãos.

Matriculado na escola me vi diante de imenso oceano. Para vencê-lo, só com muitas palavras. Na margem — entre rendas de areias — as palavras eram meu barco. Com elas atravessaria as ondas, venceria as calmarias, aportaria em outras terras. Se era meu barco, eram também meus remos. Com elas cortava as águas, flutuava sobre marés e me via em poesia.

Quatro. O gato órfão caminhava sonso pelos cômodos da casa, miando saudade. A irmã virou presente para um tio distante, com a condição de esquecer o gato, como se para esquecer o amado bastasse uma ordem. Viajou impedida de despedir-se pela intensidade das lágrimas. Chorava como se o mar morasse dentro dela. Como marinheiro me senti afogado sob tanto pranto. Levou seus pertences embrulhados em fronha bordada, resto da irmã bordadeira. O ônibus engoliu a estrada levantando uma poeira amarga. Não sei se, no bem fundo, a mãe soube de sua partida.

Desanuviou em mim a ideia de que as coisas existiam alheias a meu desejo. Viver exigia legendar o mundo. Cabia-me o trabalho exaustivo de atribuir sentidos a tudo. Dar sentido é tomar posse dos predicados. Trabalho incessante, este de nomear as coisas. Chamar pelo nome o visível e o invisível é respirar consciência. Dar nome ao real que mora escondido na fantasia é clarear o obscuro. Ainda criança eu carregava o peso da terra, sem estar no bem fundo.

O irmão triturador de vidro, a irmã que bordava mares, a que deixara o gato órfão, a nascida em todas as manhãs no globo terrestre aninhavam-se, agora, apenas em minha memória. Jamais podia pensá-los em alguma paisagem. Restava-me reinventá-los dispersos, indignados com a vitória amarga do tomate maduro. Havia, sim, havia lugares que meu compasso aberto não alcançava. O padre me emprestava sua bicicleta, por eu decorar os dez mandamentos. Tudo exigia um preço. Eu pedalava pelas ruas buscando encontrar-me em cada fim de estrada, no depois da última saudade, na outra margem do rio. Mas também lá eu não estava. A velocidade fortificava a força do vento que varria meus pensamentos, provisoriamente.

Três. Um tomate se fazia suficiente, agora, para duas refeições. Uma metade ela cortava — com seu resto de fúria — para compor os três impérios do almoço: um prato do pai, um prato do filho e mais um para seu espírito santificado pelo ciúme. A outra metade do bendito fruto ela preservava para repetir o mesmo ritual no jantar. Dividido por três, um terço do tomate era destinado ao meu rosário de pesares.

Dobrei — entre contentamento e tristeza — as poucas e mudas roupas. Nunca soube por que as lágrimas se negam a serem doces quando convocadas pela alegria. Sempre chorei salgado, talvez pelo peso da carne morta. Meu desterro, decretado pela voz do pai — naquela manhã seca e fria —, me fez inventar meu porto, mesmo sem escolher a margem do rio. Do abandono construí meu cais sempre do outro lado. Em barco sem âncora e bússola, carrego, agarrado ao meu casco, caramujos suportando sobre si o próprio abrigo, solitariamente.

Não disse adeus. O amor peregrinou em meu corpo vida adentro. Se tudo era nada, a lembrança acordava mais. O amor se fez sempre o rosto do meu depois. A saudade, ao me afrontar, mais eu desfazia dos amanhãs. E, se a carne reclamava, eu salgava sua dor com os sonhos da memória. Sua ausência ocupou os labirintos por onde eu me procurava e me perdia em meus próprios traços. Mesmo em vão, jamais interditei os prenúncios do meu amor.

Dois. Desconheço o depois de minha despedida. Não se caminha sobre a sombra ao entardecer. Ignoro se o remorso nos preservava em suas memórias, ou se a paixão lhes presenteou com o esquecimento. A culpa é relativa ao tamanho da memória. Esquecer é desexistir, é não ter havido. Ao me interrogar se tomate ainda há, não me fecho em silêncio. Confirmo que minha primeira leitura se deu a partir de um recado rabiscado pela faca no ar cortando em fatias o vermelho.

SOBRE O AUTOR

Bartolomeu Campos de Queirós foi mais do que um escritor. Nascido em 1944, na cidade de Pará de Minas, viveu a infância em Papagaio (MG). Com formação em educação e artes, criou-se como humanista. Estudioso da filosofia e da estética, utilizou a arte como parte integrante do processo educacional. Cursou o Instituto de Pedagogia em Paris e participou de importantes projetos de leitura no Brasil, como o ProLer e o Biblioteca Nacional, ministrando conferências e seminários para professores de leitura e de literatura. Foi presidente da Fundação Clóvis Salgado/Palácio das Artes e membro do Conselho Estadual de Cultura. Participou de júris e de comissões de salões e prêmios, além de curadorias e museografias. Foi um dos principais idealizadores do Movimento por um Brasil Literário, do qual participava ativamente.

Por suas realizações, Bartolomeu colecionou medalhas: Chevalier de l'Ordre des Arts et des Lettres

(França), Medalha Rosa Branca (Cuba), Grande Medalha da Inconfidência Mineira e Medalha Santos Dumont (Governo do Estado de Minas Gerais). E também prêmios literários importantes, como Grande Prêmio da Crítica em Literatura Infantil/Juvenil pela APCA, Jabuti, FNLIJ e Academia Brasileira de Letras. Foi quatro vezes indicado ao prêmio Hans Christian Andersen, sendo finalista em três delas. Por este *Vermelho amargo* ganhou postumamente o Prêmio São Paulo de Literatura de Melhor Livro do Ano.

Publicou mais de quarenta obras (algumas delas traduzidas para o inglês, espanhol e dinamarquês), incluindo antologias, novelas, poemas e didáticos, os quais têm sido objeto de estudo de teses e monografias de cunho universitário, quatro delas publicadas em livros.

A poeta mineira Henriqueta Lisboa escreveu sobre Bartolomeu: "Não é ele tão somente um educador que sabe distinguir, através de estudos filosóficos, pesquisas estéticas e experiência pessoal no seu campo de atividade, o valor da arte no processo educativo. Ele é também um poeta — aquele que mergulha nas águas profundas da preexistência e da inocência, o que aporta à ilha onde todas as cousas se tornam maravilhosamente possíveis; o que acabou descobrindo o segredo da simplicidade".

Bartolomeu começou a escrever quando estava exilado na França, na década de 1960, para aplacar a solidão. Em seus escritos — quando não são poesias são prosas poéticas —, o "eu" aparece para um mundo, ora amargo ora esperançoso. Seu primeiro livro, *O peixe e o pássaro* (1971), surgiu neste contexto. Outro clássico do autor, *Raul* (1978), inspirado no poema "A Lua é do Raul", de Cecília Meireles, explora a forma gráfica das palavras.

Este foi o último livro do autor publicado em vida. *Vermelho amargo* (2011) se insere dentro da obra de Bartolomeu como um livro de cunho autobiográfico, ao lado de *Ciganos* (1982), *Indez* (1989), *Ler, escrever e fazer conta de cabeça* (1999), *Por parte de pai* (1995) e *O olho de vidro do meu avô* (2004).

Bartolomeu Campos de Queirós faleceu em 2012, em Belo Horizonte.

OUTRAS OBRAS DO AUTOR PUBLICADAS PELA GLOBAL EDITORA

Para iniciantes de leitura
2 patas e 1 tatu
As patas da vaca
De bichos e não só
De letra em letra
Formiga amiga
História em 3 atos
O guarda-chuva do guarda*
O ovo e o anjo
O pato pacato
O piolho*
Para criar passarinho
Somos todos igualzinhos

Para crianças e jovens
A árvore
A Matinta Perera
Antes do depois
Apontamentos
Até passarinho passa
Branca-flor e outros contos*
Cavaleiros das sete luas
Ciganos
Correspondência*
De não em não
Elefante
Escritura*
Flora
Foi assim…*
Indez
Isso não é um elefante*
Ler, escrever e fazer conta de cabeça
Mário
Menino inteiro
O fio da palavra
O gato*
O livro de Ana
O olho de vidro do meu avô
O rio
Os cinco sentidos
Pedro
Rosa dos ventos
Sem palmeira ou sabiá
Tempo de voo

* Prelo

© Jefferson L. Alves e Richard A. Alves, 2022

2ª Edição, Global Editora, São Paulo 2017
3ª Reimpressão, 2022

Jefferson L. Alves – diretor editorial
Dulce S. Seabra – gerente editorial
Flávio Samuel – gerente de produção
Jefferson Campos – assistente de produção
Juliana Campoi – assistente editorial
Maria Carolina Sampaio – projeto gráfico

**CIP-BRASIL. CATALOGAÇÃO NA PUBLICAÇÃO
SINDICATO NACIONAL DOS EDITORES DE LIVROS, RJ**

B296v

    Queirós, Bartolomeu Campos de
       Vermelho amargo / Bartolomeu Campos de Queirós. –
2. ed. – São Paulo : Global, 2017.
    :il.

    ISBN: 978-85-260-2336-9

     1. Romance brasileiro. I. Título.

17-39469   CDD: 869.3
                                                              CDU: 821.134.3(81)-3

Obra atualizada conforme o
NOVO ACORDO ORTOGRÁFICO DA LÍNGUA PORTUGUESA

global
editora

Global Editora e Distribuidora Ltda.
Rua Pirapitingui, 111 — Liberdade
CEP 01508-020 — São Paulo — SP
Tel.: (11) 3277-7999
e-mail: global@globaleditora.com.br

g globaleditora.com.br   **y** @globaleditora
f /globaleditora   **◉** @globaleditora
▶ /globaleditora   **in** /globaleditora
◉ blog.grupoeditorialglobal.com.br

Direitos reservados.
Colabore com a produção científica e cultural.
Proibida a reprodução total ou parcial desta
obra sem a autorização do editor.

Nº de Catálogo: 3948